LES GODILLOTS

Mille mercis à Marko pour le poussage dans la piscine,
à Bertrand pour le soutien et le guidage,
et à François pour son coaching impeccable...

Olier

Aux Godillots…

Marko

www.bamboo.fr

116, rue des Jonchères – BP 3
71012 CHARNAY-lès-MÂCON cedex
tél. 03 85 34 99 09 – fax 03 85 34 47 55
Site Web : www.bamboo.fr
E-mail : bamboo@bamboo.fr

Les Godillots

Le gourbi du sorcier

Texte
Olier

Dessins & Couleurs
Marko

Bamboo Poche

1er août 1914

ARMÉE DE TERRE ET ARMÉE DE MER

ORDRE

DE MOBILISATION GÉNÉRALE

4 août 1914

5 CENTIMES

Courrier National

TÉLÉPHONE 87 — TÉLÉPHONE 87

ABONNEMENTS — Paris et départements limitrophes 4 fr. 2 fr. — Autres départements 5 fr. 2 fr. 50 — à l'Imprimerie Leclle à Paris

RÉDACTION & ADMINISTRATION — 43 AVENUE DES COMTÉPARTIS

ANNONCES — Judiciaires, administratives et commerciales — Réclames et faits-divers

LA FRANCE ET L'ALLEMAGNE SONT EN GUERRE !

27 août 1914

Jeudi 27 Août 1914

France Matin

Nos armées reculent vers la Marne

l'Allemagne, la France

L'Autrich

NUMÉRO 30

PRIX DU NUMÉRO — élastique, de zéro à l'infini (prière aux revendeurs de ne pas dépasser cette limite)

1915

Clairon

LE 15 FÉVRIER 1915

Les armées s'enterrent dans des tranchées. Allons-nous vers une guerre d'usure ?

L'ORDRE SOCIAL TOUT E… PAR LA BEL…

Le 3 août, le Gouvernement alleman… une note demandant le libre passage … territoire, moyennant quoi l'Allemag… l'intégrité du royaume et de ses possess…

15 février 1915

16 mars 1916

2e Année — Nouvelle Série, N° 8716

ÉMILE DE GIRARDAR

LE NUMÉRO 5 CENTIMES

Républicain Illustré

Fondé en Février 1914. Jeudi 16 mars.

Jeudi 16 mars 1916

ÉMILE DE GIRARDAR

Résistance héroïque de nos troupes à Verdun

NOUVELLE VICTOIRE des Russes

10 juillet 1916

Nouvelles du Soir

13e Année. — N° 685. — 10 juillet 1916

Offensive alliée sur la Somme

LES ALLIES & LA GRÈCE

Comment on a fait en Russie

MISE AU POINT

A la réception, sur l'écoute de l'émetteur d'un OM voisin, après s'être assuré que le bruit de chute d'eau est intense. Augmenter, au

LA SITUATION MILITAIRE

LA GUERRE

Communiqués

10 centimes le Numéro — DANS TOUTE LA FRANCE — Le Numéro

Paris Soir

15 août 1916

15 août 1916

Le Gosse Part au Front !

Le jeune Bixente, à peine âgé de 17 ans, dont le frère est actuellement au Front, a quitté les Pyrénées à pied pour rejoindre son frère. Découvert par des soldats du 435ème Régiment d'Infanterie sur le front de la Somme, il a déclaré vouloir se faire incorporer. Il prétend que sa présence sera utile pour déloger les Allemands et qu'on entendra parler de lui.

A Propos d'un Livre

On nous écrit : « Vous projetiez contre idée de racheter aux bouilleurs de cru leur privilège, mais c'est ce qu'on a fait

Il ne faut pas reprocher à l'Université de France de sauvegarder et de maintenir ses traditions. Elle sait ce qu'elle fait. Ces traditions respectables ont d'autres titres que leur vieillesse. Beaucoup moins rigides et figées qu'on ne l'a dit, à la légère, elles lui viennent de ses méthodes, de ses réflexions, de son expérience. Pour peu

SOMMAIRE

Communiqué

Notre artillerie a ... encore avec succès ... sur les travaux et ... l'ennemi a riposté ... abords de cette ville.

L'Offensive franco...

Communiqué

Attaque lancée ... Somme à sept heures ... avec les Français. Les ... ont pénétré dans ... défenses allemandes ... cinq kilomètres et ...

L'attaque française ... très droite se développe ... satisfaisante.

Sur le reste du front ... connaissances ont encore ... sur de nombreux points

Bichette
(Bixente)

Il a 14 ans. Enthousiaste et aventureux, espiègle et toujours optimiste, il a traversé la France depuis le Pays Basque jusqu'au Front afin d'y retrouver son frère aîné.

Le Bourru
(2e classe Jean Le Bourhis)

Maître de charrue breton, véritable « armoire à glace », c'est un taiseux. Il préfère la compagnie des chevaux et des animaux en général.

Palette
(Caporal Ambroise Palette)

Un Picard, râleur et grognon, mais il a très bon cœur. Il a laissé sa famille dans la zone interdite. Dans le civil, il est boulanger. Il est brave, mais sans zèle.

Salopiot

Un petit singe vert, arrivé sur le Front avec un convoi de tirailleurs sénégalais. Il s'est très vite attaché à Bixente.

1
LA CHOUETTE MISSION

Ça compte, une première mission dans la vie d'un homme. C'est pas vrai ? Quand Monsieur Palette il m'a dit comme ça que c'était moi qui devais aller chercher l'eau au puits de Fournes-en-Val, j'ai été drôlement content, dis donc ! Bon, attention, Fournes-en-Val, c'est pas le bout du monde non plus. Pour un gars comme moi qui a traversé la France à pied et en diagonale, aller en mission à deux kilomètres, c'est comme qui dirait de la petite bière. Monsieur Palette, il appelle ça « le cantonnement », mais nous, on habite à Gougères-en-Val, avec les autres poilus de l'**escouade** du 435e. Et, à Gougères-en-Val, voyez, il n'y a pas de puits. Enfin si, il y en a un. Mais vu l'odeur qui en sort, il doit y avoir une bête crevée qui marine dedans depuis un bon bout de temps. Et le major Delgrange, il dit que si on boit de l'eau qui sort de ce puits-là, c'est comme si on montait à l'assaut torse nu contre une mitrailleuse allemande : angine de poitrine assurée ou un truc comme ça !

Du coup, faut aller chercher l'eau au village d'à-côté et c'est bibi qui s'y colle. Ça montre que Monsieur Palette, il me fait bien confiance.

Ça fait plaisir. Pour me confier Emérence (c'est la mule, je crois qu'elle porte le nom d'une grand-tante au capitaine Mougin) et les bidons à eau, c'est qu'il sait qu'il peut compter sur le brave Bixente. Ce qui serait bien, c'est qu'il arrête de m'appeler tout le temps « Bichette ». C'est vrai, à la fin, c'est quand même pas difficile d'appeler les gens par leur nom. Bon, je sais bien qu'il a du mal à prononcer les noms basques, mais il pourrait faire un effort. Ça doit venir qu'il n'a pas été biberonné au piment d'Espelette comme nous autres, en Basse-Navarre, ça lui fait un accent bizarre !

Mais je l'aime bien Monsieur Palette. Il dit que je dois l'appeler « Caporal », mais tant qu'il m'appellera « Bichette », moi je lui dirai « Monsieur Palette ». C'est un gars bien, même s'il est un peu borné, des fois. C'est lui qui a parlé au capitaine pour que je puisse rester dans l'escouade. C'était pas gagné. Mettez-vous à la place du capitaine, un peu... Admettons que vous ayez une guerre à faire. Vous engageriez un petit gars de 14 ans et demi dans votre armée, vous ? Bon, j'ai dit au capitaine que j'avais 17 ans en croisant les doigts derrière mon dos, sinon, ça aurait été encore plus coton. Mais quand même, Monsieur Palette il est intervenu pour moi et il m'a défendu et j'en suis bien content.

Et puis, il y a aussi le Bourru. En fait, c'est pas son vrai nom. C'est Monsieur Palette qui l'appelle comme ça parce qu'on dirait qu'il fait tout le temps la tronche. Et puis, comme il est drôlement impressionnant, grand, carré, baraqué, finalement, tout le monde l'appelle comme ça. Mais son vrai nom, moi je le sais, c'est Jean Le Bourhis. C'est encore plus ridicule que « le Bourru », je trouve. Je crois qu'il m'aime bien : c'est lui qui m'a dit que je pouvais m'occuper du singe. Ah ben oui, je ne vous en ai pas parlé, du singe.

C'est Salopiot et c'est mon meilleur copain. On sait pas du tout comment il s'est débrouillé pour se retrouver à la guerre, lui, mais bon. Il me fait bien rigoler, surtout quand il mange des pommes de terre. Il fait des grimaces terribles et il s'en met partout. Et puis heureusement qu'il est là, des fois, parce que ce n'est pas très drôle comme patelin, par ici.

Alors Salopiot, je le quitte plus et je l'emmène partout, y compris dans ma première mission d'aller chercher de l'eau à Fournes-en-Val. Je l'ai installé sur le dos d'Emérence, entre les bidons, et je lui ai donné un trognon de pomme à grignoter, comme ça il se tient tranquille. Parce que la dernière fois, pendant la revue où on devait rester droits comme des piquets devant le capitaine qui nous expliquait un truc, ça a été un problème. Salopiot a déboulé dans les rangs avec la queue coincée dans le couvercle de la boîte à casse-croûte en fer du soldat Pignol. Il a mis un souk pas possible. Je me suis fait drôlement enguirlander par le capitaine. Et aussi par le soldat Pignol, parce qu'il avait pas vraiment terminé son casse-croûte. J'ai dû promettre de faire plus

attention à Salopiot, sinon, il retournerait d'où il vient, c'est-à-dire je sais pas bien où... et ça, je veux pas.

Alors j'avais attaché Salopiot au **bât** d'Emérence, histoire qu'il ne lui prenne pas l'idée de s'en aller gambader par-ci par-là et que ça effraye la mule. Oui, parce qu'Emérence, elle a passé la nuit perdue entre les tranchées de nous et de l'ennemi. Le Bourru, il appelle ça le « Nomaz Lande », ça doit être un nom de chez lui, en Bretagne. Et depuis, elle est quand même terriblement trouillarde. Le moindre bruit de pas inhabituel et elle se met à faire des bonds comme un grand courroux. Si ! Je sais ce que c'est qu'un grand courroux... Il y en a au Jardin des plantes à Paris : c'est comme un lapin qui boxe et qui fait des bonds terribles.

Donc, j'avais bien fait gaffe et je m'avançais sur le chemin, tout content, en tirant Emérence au bout d'une **longe** et en racontant à Salopiot des histoires drôles que j'avais lues dans *Le Crapouillot.* Et c'est là, au tournant d'un chemin, qu'a déboulé le facteur du régiment. Il paraît qu'on dit le « vaguemestre ». Il était sur son vélo tout pourri qui fait un bruit de casseroles. Je vous raconte pas l'effet qu'il a eu sur Emérence. Cette bête mule s'est mise à sauter dans tous les sens et moi, cramponné à la longe, j'ai tenté de la retenir et ça m'a fait penser à la fois où j'ai sonné les cloches de l'église de mon village : la corde m'a soulevé du sol. Mais je les ai bien entendues, les cloches, quand ma tête a cogné contre le tronc d'un pin sur le bord du chemin. Et puis, après, je me rappelle plus de rien, mais alors de rien du tout...

2
LA DISPUTE CHUCHOTÉE

Ce qui m'a réveillé, c'est l'odeur de lait. C'était une odeur de vieux lait, de lait pourri, de lait d'il y a longtemps et qu'on a oublié. Et puis, juste après l'odeur, ça a été la douleur quand j'ai voulu bouger. Un mal de chien à l'épaule, à gauche, et juste après, un bourdonnement énorme dans ma tête. Plutôt que de pleurer comme une fillette, j'ai préféré ouvrir les yeux. J'aurais pas dû... La lumière blanche du jour, ça m'a fait comme un coup de marteau. Mais j'ai tenu le coup et mes yeux ouverts. Le premier truc que j'ai vu, c'est de la broussaille rousse. Au début, j'ai cru que c'était la mousse de l'arbre contre lequel je m'étais cogné. Il a fallu un moment pour que je m'aperçoive que c'était la barbe de Monsieur Bourru. Il était penché sur moi et il me regardait avec des yeux ronds. Et après, j'ai compris, l'odeur du lait pourri. On était dans l'infirmerie du cantonnement, à Gougères-en-Val. On dit « infirmerie », mais en fait c'est une vieille laiterie de ferme. On a installé les brancards et le barda de l'infirmier, le major Delgrange, là où on a pu, dans ce qui restait de bâtiments debout.

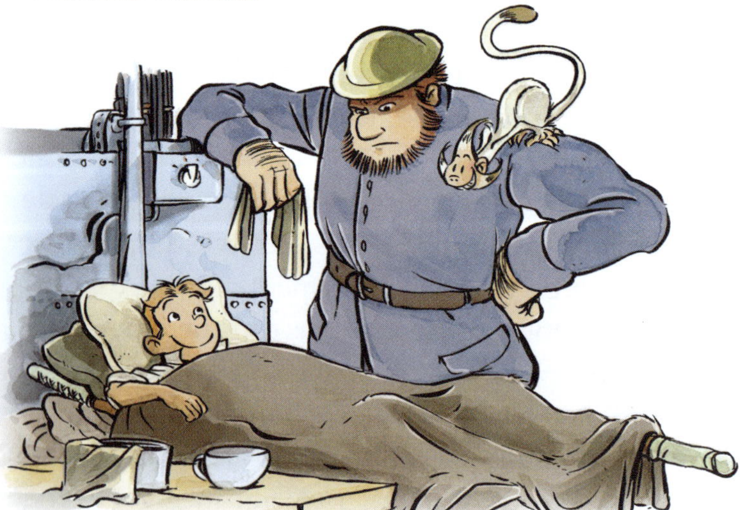

Alors Monsieur Bourru me regardait. J'ai cru qu'il me souriait mais ça m'étonnerait parce que le Bourru, il rigole aussi souvent qu'une brique. Moi, je lui ai souri. En fait, c'est Salopiot, perché sur son épaule, qui m'a fait une grimace qui m'a fait rigoler. Le Bourru, il m'a posé une compresse mouillée sur le front. Ça m'a fait du bien et ça a soulagé un petit peu le marteau dans ma tête. J'en ai profité pour me pencher sur le côté et j'ai vu que, dans l'infirmerie du lait caillé, il y avait aussi Monsieur Palette et le vaguemestre.

Ils étaient en train de discuter tout bas dans un coin mais ils faisaient de grands gestes et j'ai su qu'en fait ils étaient plutôt en train de se disputer. Depuis combien de temps j'étais là, j'en sais rien et j'avais vraiment aucune idée de comment j'étais revenu de ma mission d'aller chercher de l'eau.

« Vous n'y pensez pas, c'est carrément suicidaire ! qu'il hurlait le vaguemestre tout bas. Enfin ! Vous ne pouvez pas emmener ce gamin en première ligne. Ça va vous faire traverser le plateau du Croquemitaine. Vous allez vous faire rétamer en moins de deux... Tout ça, pour aller consulter ce foutu charlatan ! »

« Alors, premièrement d'une : le Croquemitaine et son **moulin à café**, ça fait une bonne semaine qu'on l'entend plus, a répondu Monsieur Palette, et puis, deuxièmement de deux : vu que le major Delgrange est parti faire son rapport au **QG**, j'ai pas d'autre choix que d'amener le t'chiot à la tranchée B12 : c'est là que se trouve ce qui ressemble le plus à un toubib dans le secteur. Je peux pas le laisser comme ça, sans soins. »

« Si encore c'était pour aller voir un vrai toubib ! Mais là, c'est proprement du n'importe quoi ! » Tout d'un coup, le vaguemestre avait oublié qu'il devait parler tout bas et il s'est mis à crier. Alors, le Bourru, il a froncé les sourcils et c'était pas bon signe. Salopiot a sauté de son épaule et il a atterri sur mon ventre. Le Bourru s'est levé et, sans rien dire, il s'est approché du vaguemestre.

Là, il lui a dit qu'il venait avec nous à la tranchée B12.

Ah ! La tronche du vaguemestre ! On aurait dit une poule égarée dans un bataillon de renards. Oui, parce qu'il faut comprendre que d'habitude, le facteur, il va pas distribuer son courrier et les messages des **huiles** lui-même dans les tranchées. Il se contente d'amener les lettres et les colis en deuxième ligne. Et ensuite c'est le capitaine qui le distribue lors des **relèves** ou alors c'est les cantiniers qui le portent à la tranchée de première ligne.

« Tu choisis ! qu'il lui a dit au vaguemestre, le Bourru, soit tu portes ton courrier, soit tu te charges de deux bidons de soupe, trente litres. Pas question de surcharger Emérence en plus du poids de Bichette ! »

« Mais... mais... a gloussé le facteur, ça fait pas du tout partie de ma mission, ça ! »

« Ah oui ? qu'il a répondu le Bourru, et c'est quoi ta mission ? Effrayer les mules ? Envoyer promener les gamins contre les arbres ? »

Comme le Bourru lui faisait les gros yeux d'en haut, on a senti que le vaguemestre commençait à réfléchir. Et quand le Bourru a levé son poing à hauteur de son visage, c'était tout réfléchi : le facteur viendrait avec nous rendre visite aux gars de la B12.

Avec un petit sourire dans sa moustache, Monsieur Palette est sorti de la laiterie. Je savais qu'il partait à la **roulante**, préparer la tambouille à emmener pour notre petit voyage. Le Bourru est sorti lui aussi, de même que le vaguemestre. Je suis resté un petit peu tout

seul avec Salopiot. J'aurais bien aimé jouer avec lui, mais je crois que je me suis endormi...

Quand je me suis réveillé, j'ai vu qu'il faisait noir dehors. Ça m'a embêté parce que j'avais pas fait grand-chose de ma journée à part aller chercher de l'eau sans en ramener et dormir.

Et puis Monsieur Bourru est venu me chercher. Il a bien fait attention à pas toucher à mon épaule qui me faisait mal comme c'est pas permis. On est sortis de l'infirmerie et il m'a posé sur un brancard en bois qu'il avait bricolé. Les branches avant du brancard étaient emmanchées dans le

bât de la mule. J'étais content parce que j'ai cru que j'allais voyager comme les sauvages d'Amérique. Mais le Bourru, il m'a dit : « Ça va pas la tête ? » En plus des musettes de ravitaillement, il a attrapé les branches arrière de ma litière, et zou, on est partis... Emérence portait aussi les grosses miches de pain rondes, les bidons de soupe et les quarts de vin. Palette s'est chargé du café et le vaguemestre, il portait son courrier, vu que c'est son métier.

« Allez, en avant... heu... comment tu t'appelles, déjà ? » a demandé Palette au facteur.

« Bodet. Auguste Bodet... Incorporé à La Châtre, dans l'Indre », a répondu le gars, pas rassuré.

« Eh ben, mon Bodet ! Tu vas pas être plus trouillard que la mule, quand même ?! »

Et Monsieur Palette est parti dans un rire étouffé.

Salopiot sur mon ventre, j'ai regardé les étoiles. Et puis, bercé par le pas de la mule et du Bourru, je me suis endormi encore une fois.

Je trouve que je dors beaucoup depuis ce matin...

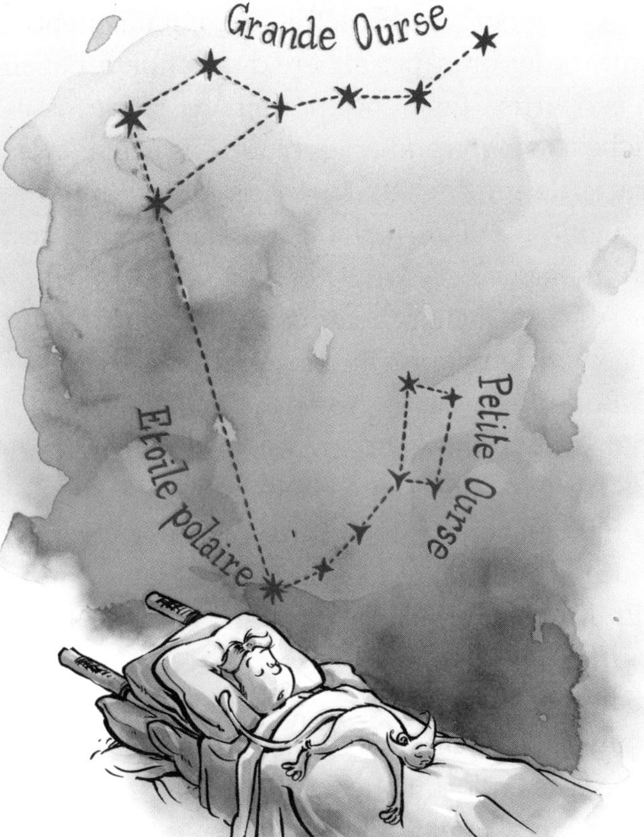
Grande Ourse
Etoile polaire
Petite Ourse

3
CEUX DE LA B12

Et vraiment, il a eu tort d'en faire toute une histoire, le facteur Bodet. On a traversé le plateau comme des fleurs. Je dis pas que c'était une promenade du dimanche, à cause que c'était la nuit et parce que le terrain est tout sens dessus dessous, vraiment chamboulé, mais c'était tranquille. Comme l'a dit Monsieur Palette, j'étais déjà venu deux fois sur ce fameux plateau. C'est même là que j'ai rencontré pour la première fois mes copains les poilus. Mais, pendant ces deux fois-là, je vous prie de croire que ça canardait sec. Alors que là, rien.

Faut croire que le préposé à la mitrailleuse allemande est parti en permission et qu'on ne l'a pas remplacé. Ou alors par un gars qui aime pas la mitraille. Allez savoir... Toujours est-il qu'on est arrivés à la B12 au petit matin. D'abord, il a fallu passer par le « tortillard ».

C'est une sorte de galerie, de couloir que les soldats ont creusé avant la vraie entrée de la tranchée. Au début, j'ai cru qu'ils avaient fait ça un jour où le cuistot avait eu la main lourde sur le **jaja** dans le coq au vin. C'est plein de zigzags, leur histoire. On dirait que c'est une taupe complètement givrée qui a tracé le plan du truc. Des tours, des retours, des virages, un vrai labyrinthe. Je l'ai lu dans un livre : c'est une sorte d'étable compliquée où les Grecs de Grèce élèvent des taureaux bizarres, à crête !

« C'est pour que les Allemands ne nous arrivent pas dessus en ligne droite, qu'il m'a expliqué Monsieur Palette. Pendant qu'ils font tous ces détours, on les entend venir et on peut leur tirer dessus au sortir d'un virage... »

« C'est malin, je lui ai répondu, mais ils sont pas sensés arriver de l'autre côté de la tranchée, les Allemands ? Plutôt de front ? »

« Tu poses trop de questions, t'chiot ! » il a dit.

Bon alors, j'ai pas insisté. Mais il a fallu démonter le système de brancard-travois de la mule pour que ça ne se coince pas dans les détours du tortillard. Alors, le Bourru, il a fait un échange de charges. Il a remis les musettes de ravitaillement sur Emérence et il m'a pris, moi, sur son dos. C'était bien, parce que sur le dos du Bourru, j'avais vraiment beaucoup plus de place que dans le brancard. Et puis, il sent bon, le Bourru... Il sent le foin. Et ça change des odeurs bizarres du plateau et de la tranchée. J'ai serré les dents pour pas ressentir mon épaule qui coinçait terrible.

Après avoir marché un bon bout de temps dans le tortillard, on est arrivés au bout et on a entendu une voix qui criait : « Halte ! Halte ou je fais feu ! »

« Amis ! Amis ! Ne tirez pas ! » a dit Monsieur Palette qui était en premier.

« Le mot de passe ? » a répondu celui d'en face.

« Ceux de la B12, ils aiment pas marcher dans la bouse... » qu'il a dit Palette avec un petit sourire.

Le gars en face, il s'est mis à rigoler et il a dit qu'on pouvait avancer. C'est comme ça qu'on est arrivés vraiment dans la tranchée.

Je sais pas si vous avez déjà visité une vraie tranchée mais, franchement, ça vaut le coup. C'est comme un grand fossé creusé dans la terre. En hiver, c'est plutôt gadouilleux mais là, comme on était en été, c'était sec et poussiéreux. Dans les parois du côté arrière, les poilus s'étaient creusé des petits abris, des logements où ils pouvaient se reposer ou dormir quand ils n'étaient pas de garde ou au combat, c'est-à-dire la plupart du temps. Ils appellent ça des « cagnas » ou des « gourbis ». Je sais pas où ils vont chercher tous ces noms bizarres. Ça grouille de monde, là-dedans.

Les soldats sont les uns sur les autres. Ils jouent aux cartes, aux dés quand leur capitaine le permet. Ils aménagent leur tranchée au mieux, ils écrivent à leurs parents, ils dorment, ils lisent. On dirait un petit village en long, où il

n'y aurait que des hommes un peu sales et qui ne sentent pas très bon. La plupart du temps, les poilus sont protégés dans cette tranchée. On ne les dérange qu'en cas d'attaque de l'ennemi, de bombardement ou quand les officiers décident qu'il est temps de lancer un assaut sur la tranchée d'en face. Le reste du temps, ils sont surtout occupés à s'ennuyer et à tuer le temps. Il n'y a pas grand-chose qui vient casser la routine, à part le ravitaillement et le courrier.

Alors, pensez s'ils ont été contents de voir arriver les deux d'un coup, de bon matin. Je me suis dit qu'ils avaient plus faim de patates que de nouvelles de chez eux : les gars, en voyant arriver Bourru, Palette et surtout les bidons de boustifaille, ils sont sortis de leurs gourbis, tout sourire. Tous avaient une gamelle en fer blanc à la main et de la salive aux lèvres. Ils se sont rangés en file (ils n'avaient pas beaucoup de choix dans la tranchée) devant les marmites de soupe encore ficelées sur le bât de la mule. Bourru s'est occupé tout de suite de la distribution. Fallait pas les faire attendre, tous ces morfales.

Monsieur Palette et le facteur Bodet m'ont remis sur le brancard et ils m'ont emporté dans un coin reculé, tout au bout de la tranchée. Je n'étais pas allé par là pendant ma première visite. C'était un coin sinistre, moins entretenu. Il y avait des poutres en travers du passage, des parois un peu écroulées, de la ferraille un peu partout. Et puis, au bout, dans un cul-de-sac, un vieil arbre solitaire, planté sur le bord du grand fossé. Tout cassé, mais droit quand même, comme un grand doigt dressé, un défi à ceux d'en face.

En voyant ce vestige d'arbre, Bodet a craché par terre, l'air contrarié. Sous les racines de l'arbre, dans la paroi de la tranchée, on distinguait une ouverture, cachée par une vieille tôle ondulée toute rouillée. Sur mon ventre, Salopiot s'est mis à couiner, comme s'il avait peur...

« C'est là ? » a demandé Bodet à Monsieur Palette.

« Oui. On est arrivés. C'est le gourbi du sorcier... »

4

N'AIE PAS PEUR !

Il a pas demandé son reste, le Bodet. Il a dit qu'il avait du courrier à distribuer, que ça n'attend pas et il s'est en allé sans se retourner dans la partie principale de la tranchée. En haussant les épaules, Monsieur Palette a frappé sur la tôle ondulée comme si c'était une porte en chêne.

« Holà ! Y a quelqu'un ? » qu'il a crié.

Il a fallu un moment pour que la tôle se mette à grincer et à glisser tout doucement. Derrière la tôle, il y avait une entrée de cagna, bien sombre et bien noire. Ce qui en est sorti en premier, c'était une très forte odeur d'herbe séchée, comme quand on coupe les foins sur les prairies quand il y a du soleil. Et puis il y avait aussi une odeur moins rigolote, celle de la viande qui pourrit, comme celle qu'on sent quand on traverse le plateau.

Dans l'entrée est apparu ensuite un poilu bizarre. Il était chauve comme un œuf, mais il avait une longue barbe noire dans laquelle il avait fait des tresses. Il ne portait que le bas de son uniforme bleu, le pantalon, les guêtres et les godillots. En haut, il était torse nu et il avait l'air d'avoir très chaud. Il a regardé Palette pendant un moment puis il m'a regardé moi. J'ai eu du mal à soutenir son regard. Il y avait un je-ne-sais-pas-quoi dans ses yeux qui donnait envie de s'enfuir en courant. Mais bon, j'étais pas en état de le faire depuis ma rencontre avec le tronc du sapin. Alors Monsieur Palette m'a aidé à me lever du brancard et on est entrés dans le trou noir du gourbi. Le temps que mes yeux se fassent à la pénombre, j'ai pas vu grand-chose...

Et puis après, j'ai commencé à voir le plafond et les murs. Partout y étaient accrochés des grosses gerbes d'herbes séchées : des orties, des boutons d'or, des pissenlits, des soucis, de la grande consoude et pleins d'autres (je m'y connais pas mal en herbes parce que j'ai passé beaucoup de temps à dormir dans les prés depuis que je suis petit).

Et j'ai aussi compris en même temps d'où venait l'odeur de viande pourrie : parmi les herbes, il y avait en plus un bouquet de rats morts et tout secs, accrochés ensemble par la queue. En regardant mieux, j'ai même vu une chouette, morte elle aussi, clouée sur une planche de bois qui servait de renfort près du plafond. Salopiot s'est planqué dans un coin, tout tremblant, pour se faire oublier. J'vous prie de croire que j'en menais pas large non plus. Le poilu-sorcier n'arrêtait pas de me fixer de ses yeux bizarres.

« Ça s'est passé comment ? » il a dit tout d'un coup.

« Hein ? » a demandé Monsieur Palette qui était lui aussi assez chamboulé par la décoration du gourbi. « Ah oui ! Pour le t'chiot ?... Eh ben, il était en train de conduire une mule sur un chemin, près des secondes lignes quand le facteur a déboulé sur son vélo et... »

Le sorcier s'est retourné vers Palette. On aurait dit que ses yeux lançaient des éclairs.

« Le facteur ? Bodet ? » qu'il a demandé.

« Euh, oui... a répondu Palette, vous le connaissez ? »

« Ça n'a pas d'importance », a dit le sorcier en crachant par terre (ça m'a l'air d'être une sale habitude, dans la tranchée B12 !) « Il faut qu'on remette cette épaule sans trop lambiner. On verra pour la tête après. »

Comment il a su que j'avais mal à l'épaule et à la tête ? J'en sais rien. On lui a pas dit en tout cas, ni moi, ni M'sieur Palette. Il faut croire qu'il a des yeux de docteur, en plus de ceux qui lancent des éclairs. Sans parler plus, il est allé chercher une sorte de drap sale dans une caisse en bois remisée contre la paroi du fond du gourbi. Et il a commencé à m'emmailloter là-dedans, bien serré, en laissant dépasser mon bras gauche. Son vieux drap, il sentait fort le grenier pas aéré depuis des années. Quand j'ai été bien emballé dedans, il a dit à Palette : « Tenez-le bien ! »

Palette a fait « oui » de la tête et il m'a entouré de ses bras. Je l'ai regardé et il m'a fait un clin d'œil. Mais j'ai bien vu qu'il était pas sûr de lui. Alors j'ai regardé de l'autre côté, vers le sorcier. Il tenait mon bras gauche de ses deux mains.

« N'aie pas peur, petit... » qu'il m'a dit.

Effectivement, je n'ai pas eu peur. J'ai pas eu le temps. Mais qu'est-ce que j'ai eu mal !

D'un coup sec, il a tiré mon bras vers lui. Ça a fait « clac » dans mon épaule et j'ai crié. Mais je ne pouvais pas bouger, ficelé comme un saucisson que j'étais. Le sorcier, il a tourné un peu mon bras entre ses mains et il l'a repoussé vers moi. Ça a fait « re-clac » dans mon épaule et j'ai re-crié parce que ça m'a fait vachement re-mal. J'ai pas pu retenir une petite larme qui a coulé sur ma joue. J'ai regardé M'sieur Palette. Il aurait bien voulu me refaire un clin d'œil, je le sais, mais il pouvait plus. Sa voix tremblait un petit peu.

« Là... C'est tout... C'est fini... » il m'a dit.

« C'est remis », a soufflé le sorcier. De grosses gouttes de sueur brillaient sur son front tout chauve. « Je vais lui mettre le bras en écharpe. La douleur devrait disparaître d'ici trois à quatre jours. »

Tu parles d'une bonne nouvelle ! Encore tout ce temps à douiller ! Du coup, je lui ai lancé un regard méchant pour lui faire voir que j'étais pas content du tout, à ce grand barbu puant !

Mais il ne s'en est même pas rendu compte et il a continué à parler à Palette.

« Il a vomi, depuis son accident ? »

« Non », a dit Palette en me dé-saucissonnant du drap.

« C'est bon signe. Mais je vais quand même le garder ici un peu, au cas où... On ne sait jamais. Vous pouvez vaquer à vos affaires, je vous le ramènerai quand son mal de tête sera passé. »

C'est là que j'ai regardé Monsieur Palette avec un message dans mes yeux qui disait : « Ne me laisse pas ici ! Je veux bien être de corvée de patates jusqu'à la fin de cette foutue guerre, mais ne me laisse pas ici ! »

435

5
LES MYSTÈRES DU PLAFOND

Eh ben, croyez-moi, croyez-moi-pas, il m'a laissé quand même ! Monsieur Palette est parti, sans doute pour aider M'sieur Bourru à la distribution de la bectance. Et moi et Salopiot, on s'est retrouvés tout seuls dans la tanière du sorcier.

Il a commencé par me préparer un genre de tisane vraiment pas bonne du tout. Il a fait chauffer de l'eau sur un réchaud bricolé avec des boîtes en fer. Ça a empli le gourbi de fumée qui est allée se loger dans les bouquets d'herbes et les rats secs du plafond. Ça faisait comme un marais brouillardeux à l'envers, avec des tas d'esprits et de fantômes planqués dedans. Brrrr ! Le sorcier m'a tendu un quart en fer blanc avec, dedans, l'eau chaude dans laquelle il avait jeté une poignée de je-sais-pas-quoi qui flotte.

« Tiens, bois ça. Ça va enlever ta migraine. Attention, c'est chaud ! »

Méfiant, j'ai trempé mes lèvres dans le jus qui fumait. Mais j'ai été surpris : ça avait un

goût de bâton de réglisse. Bon, j'allais pas lui montrer que j'aimais ça, à l'autre barbu, non plus. Alors, j'ai fait la grimace quand même. Ça l'a fait sourire et j'ai regretté. Il n'avait pas plus de dents que de cheveux, à peine deux-trois chicots qui se battaient en duel. Ça lui donnait un air encore plus sinistre.

« Allez, allonge-toi là et repose-toi », qu'il m'a dit en me montrant sa litière. C'était rien que des planches de bois sur lesquelles il avait répandu une couche de paille un peu humide et une couverture de laine. Bon, j'avais connu pire couchage pendant mon périple à travers la France, mais quand même ! Je me suis allongé et j'ai ramené la couverture sur moi. Bizarrement, j'avais déjà un peu moins mal à l'épaule et à la tête.

Salopiot a choisi ce moment-là pour sortir de sa cachette et bondir sur mon ventre. Le sorcier

s'est approché pour voir ce que c'était. Salopiot s'est mis à souffler en montrant les dents. Là, j'ai eu vraiment peur que

mon petit singe ne finisse tout sec et accroché par la queue avec les autres rats du plafond. Alors, je l'ai pris sous mon bras droit (moi, Salopiot ne m'a jamais mordu !) et je me suis retourné contre la paroi du gourbi.

« Pas touche à Salopiot ! » j'ai dit.

Comme je faisais face au mur du fond, ça m'a évité de voir le sorcier sourire à nouveau.

Et j'ai fait semblant de dormir. Pas moyen de trouver le sommeil. C'est sans doute que j'ai trop dormi le jour d'avant ou alors que j'aime pas dormir sous des rats secs. Mais je voulais pas inquiéter le sorcier, alors j'ai fait comme si. Je l'ai entendu bricoler à ses herbes sèches pendant un bout de temps. Il chantonnait tout le temps des sortes de prières, des bouts de vieux cantiques sans queue ni tête. Des fois, il jurait aussi.

Et alors j'ai entendu le pas d'une petite troupe qui approchait dans la tranchée. Tout de suite après, quelqu'un a frappé à la tôle ondulée et le sorcier est allé ouvrir. Le quelqu'un est entré dans la cagna et le sorcier a bien refermé la tôle derrière lui, en laissant le reste de la troupe dehors.

« Bonjour mon capitaine, a dit le sorcier tout bas, je peux faire quelque chose pour vous ? »

« Vous le savez bien, Seignolle, a répondu le capitaine en chuchotant : c'est comme d'habitude, je dois mener une centaine d'hommes dans un assaut prévu cet après-midi par les huiles et j'ai besoin de vos... *prévisions,* si vous voyez ce que je veux dire... »

À ce moment-là, le capitaine, il a dû remarquer ma présence sur la paillasse.

« Ah oui ! qu'il a dit, le gamin amené par les cantiniers... Les gars m'en ont parlé. Ça ne craint pas, ça, Seignolle ? »

« Pensez, mon capitaine ! a répondu le sorcier, ça fait bien deux heures qu'il pionce comme un curé après les treize desserts de Noël. On peut procéder. »

Et ils n'ont plus rien dit. Je n'ai pas osé me retourner, mais j'ai clairement entendu comme un bruit de charnières qui grincent. Le seul truc, c'est que ce bruit venait... du plafond. J'ai aussi entendu comme quelqu'un qui monte à une échelle de bois, en la faisant craquer sous son poids. Et puis plus rien pendant un petit moment. Plus rien que les toussotements de ce fameux capitaine. Je me suis bien retenu de me retourner pour mieux voir ce qui se passait, mais ça a été dur.

Et puis j'ai réentendu le bruit de l'échelle grinçante.

« Alors ? » qu'il a demandé le capitaine.

« C'est tout bon, a répondu la voix du sorcier, vous pouvez y aller : ça ne bouge pas trop en face. Pas de renforts ou de mouvements de troupe en vue. Ça devrait être du gâteau, votre assaut. »

« Parfait ! a dit l'autre. Comme d'habitude, votre don de double-vue va nous être bien utile ! Venez annoncer ça aux hommes avec moi, Seignolle, ça va leur donner du courage. »

J'ai entendu une nouvelle fois la tôle ondulée qu'on déplaçait et puis qu'on remettait en place. Alors là, je me suis retourné tout doucement, tout doucement...

J'étais tout seul dans le gourbi.

Au dehors, j'entendais vaguement la voix du capitaine qui parlait à ses hommes. Ils avaient l'air plutôt contents parce qu'ils l'ont applaudi. Y en a même qui ont crié : « Vive Seignolle ! Vive notre sorcier ! »

J'ai posé Salopiot sur le lit et je me suis levé en faisant bien attention de ne pas m'appuyer sur le bras gauche. J'ai fait deux-trois pas dans la pénombre. À un moment, mon pied a tapé dans un truc sur le sol. En me penchant, j'ai vu que c'était une échelle faite de branches nouées ensemble par de la grosse ficelle. Elle était là, posée par terre. C'est sûrement elle que j'avais entendue grincer.

C'est là que j'ai levé les yeux vers le plafond et que, pour la première fois, j'ai remarqué, entre les bouquets d'herbes séchées, une trappe de bois avec de vieilles charnières rouillées.

6
LE GALOP DANS LA PAROI

Le sorcier n'est pas rentré tout de suite, ça m'a laissé du temps. Il a sans doute accompagné le reste de la troupe dans la partie principale de la tranchée. J'ai entendu les gars qui continuaient à l'acclamer en s'éloignant. Quand il est revenu dans son gourbi, une bonne heure après, j'avais repris ma place sur la litière et je faisais à nouveau semblant de dormir. Il y avait Salopiot sur mon ventre. De toute façon, il peut pas s'en empêcher : dès que je suis allongé, il vient se pelotonner sur mon bidon, comme un chat. Le sorcier, il s'est approché de moi et j'ai fait comme si je me réveillais juste.

« Aaahaaaa ! » que j'ai dit en m'étirant du bras droit.

« À la bonne heure ! a dit le sorcier. On dirait que te voilà bien reposé... D'équerre et d'aplomb, comme disent les maçons... »

« Oui, ça fait du bien, un bon somme ! » j'ai menti.

« Et comment va ton bras ? Tu peux le bouger ? »

J'ai essayé de le lever. J'y suis pas trop arrivé. J'ai arrêté quand ça m'a fait vraiment mal.

« Ouais... C'est déjà mieux que tout à l'heure, non ? a soupiré le sorcier. Attends, j'ai un machin qui va encore améliorer la chose... »

Il est alors allé chercher une petite boîte dans un sac de l'autre côté du gourbi, puis il est revenu vers moi. Quand il a ouvert la boîte, une odeur vraiment pas catholique a envahi la pièce.

« C'est quoi ? » j'ai demandé, pas rassuré du tout.

« Ah ça, c'est mon secret... a répondu Seignolle. Disons que c'est à base de saindoux... Il y a aussi de la mélisse et d'autres herbes macérées dedans. Avec les bonnes prières que je dis dessus pendant la cuisson, ça devient la pommade Feu de Dieu. C'est impec pour les brûlures mais ça marche aussi pour les membres démis et pour les rages de dents... »

« Eh ben, je suis drôlement content de pas avoir mal aux dents, dis donc ! »

« C'est comme les bons fromages forts, a dit le sorcier en rigolant, l'odeur est bien pire que le goût ! Allez, donne-moi cette épaule... »

J'ai relevé ma chemise et il a commencé à me badigeonner sa mixture sur l'épaule. J'ai senti ma peau qui chauffait un peu. Mazette, c'est pas aujourd'hui que j'irai voir les filles ! C't'odeur, misère !

On en était là quand quelqu'un a frappé à la tôle. Seignolle a refermé sa boîte, c'était pas trop tôt, et il est allé ouvrir. C'était M'sieur Palette. Bon sang que j'étais content de le voir, celui-là !

Il avait un air contrarié, lui, par contre...

« Monsieur Palette ! Vous êtes venu me rechercher, pas vrai ? que j'ai demandé. On va pouvoir s'en retourner à Gougères-en-Val ? »

« Ça a l'air d'aller mieux, toi, a dit Palette en me regardant. C'est déjà ça de pris, t'chiot... Parce que, pour ce qui est de rentrer au cantonnement, ça sera pas pour tout de suite. On est consignés ici, dans la B12, jusqu'à la fin de l'assaut. Ordre du capitaine Bertrand... »

« Je vois... a marmonné le sorcier. Des fois qu'il faille des renforts pour aller investir la tranchée d'en face ou s'occuper des blessés... Mais vous en faites pas. Ça ne devrait pas durer longtemps, y aura pas trop de répondant chez les Boches. »

« Qu'est-ce que vous en savez, vous ? » lui a demandé Palette, étonné.

« Je vois pas mal de choses. C'est même à ça qu'on m'emploie, en plus de mes talents de rebouteux », a juste dit Seignolle, avec un air mystérieux.

J'ai dû le regarder bizarrement parce que, à ce moment-là, le sorcier m'a refait le coup des yeux qui lancent des éclairs. Il savait que je commençais à connaître son secret ou quoi ?

Du coup, il a changé de conversation avec Palette.

« Vous êtes pas resté dans la tranchée pour voir le départ des gars ? »

« Non, a répondu Palette en regardant par terre, j'en ai trop vu, des bonshommes qui montent le parapet et qui ne reviennent pas... De braves garçons qui n'avaient pas demandé à finir le nez dans la boue... »

« Mais puisque je vous dis qu'il n'y aura pas trop de casse, cette f... » a commencé Seignolle.

Là, on a entendu un long coup de sifflet. Palette et le sorcier ont regardé vers le plafond. On a aussi entendu un gars qui beuglait un ordre et

puis, juste après, comme un grondement. Ça ressemblait au bruit que font des chevaux qui galopent dans une prairie bien sèche. J'ai mis ma main à plat contre la paroi du mur du gourbi et j'ai bien senti vibrer ce galop dans ma paume.

J'ai compris après que c'était les centaines de godillots des poilus qui montaient à l'assaut qui faisaient ce raffut à travers la terre au-dessus. Ça faisait même tomber une fine poussière du plafond, entre les herbes sèches.

Nous, dans le gourbi, on n'osait plus trop bouger. On n'entendait pas de clameur, juste les cris du capitaine qui encourageait ses hommes et le bruit de leur course saccadée. Dans ma tête, je me suis mis à rêver du jour où, moi aussi, comme Palette et le Bourru, j'aurais aussi un chouette fusil Lebel et où, moi aussi, je monterais à...

C'est alors qu'on l'a entendu... le bruit. Ça faisait comme un moteur de ces voitures automobiles qu'on voit maintenant sur les routes, mais en beaucoup plus fort et plus sec. Un bruit sinistre.

« Une mitrailleuse allemande... » a soufflé M'sieur Palette.

Et puis un autre bruit pareil... une deuxième mitrailleuse un peu décalée par rapport à la première... et puis encore une autre... et une autre. Palette et le sorcier, ils se sont regardés l'un l'autre, sans parler. Seignolle était devenu pâle comme la mie du pain du dimanche. Salopiot a commencé à courir partout, affolé. Moi, j'ai voulu me boucher les oreilles pour ne plus entendre la mitraille, mais avec un seul bras valide, c'était pas facile...

Et puis on a entendu les cris. Plus des ordres aboyés, cette fois, mais des cris de douleur, comme j'en avais jamais entendu. Au début, ils étaient couverts par la mauvaise pétarade des mitrailleuses, mais après, on aurait dit qu'il se rapprochaient de nous. Des cris horribles, comme ceux des animaux des abattoirs de Bayonne. Il m'a fallu un moment pour comprendre que c'était des hommes qui criaient comme ça...

Blanc comme un linge d'autel, le sorcier s'est retourné sur Palette et moi.

« Sortez d'ici ! Sortez maintenant ! il a crié. Dehors ! DEHORS ! »

7
IL PLEUT DES POILUS

C'est comme ça que Monsieur Palette et moi, on s'est retrouvés jetés comme des malpropres en dehors de la cagna du sorcier. Salopiot, lui, dès qu'il a vu la lumière du jour, il nous a suivis dans la tranchée, tu penses ! Seignolle a replacé sa vieille tôle ondulée sur la porte et on l'a plus vu. Dehors, on sentait comme une odeur de pétard, bien âcre et piquante. De temps en temps, il y avait des machins qui passaient en sifflant par-dessus le rebord de la tranchée. Et on entendait toujours les cris...

Monsieur Bourru est arrivé vers nous en courant.

« Ça va, gamin ? » qu'il m'a demandé, essoufflé.

« J'ai plus mal à la tête, déjà... je lui ai répondu, et la pommade au vieux saindoux du sorcier commence à me guérir l'épaule, je le sens... »

« Moi aussi ! » a dit Bourru en se tenant le nez.

« Punaise ! Ça barde, là-haut ! a coupé Palette. Et Seignolle qui disait que ça devait être une sorte de promenade de santé... Je comprends qu'il l'ait mauvaise, son don de voyance a comme qui dirait du plomb dans l'aile... »

On entendait toujours la mitraille qui donnait, au-delà du parapet. Et puis la cavalcade des godillots a repris et est revenue vers nous. Tout à coup, il s'est mis à pleuvoir des poilus. D'abord, il y en a un qui a sauté dans la tranchée, en surgissant de la pétarade du dessus. Il a atterri sur un tas de planches de bois qui étaient entreposées là. Il a dû se faire bien mal à la jambe. Mais quand il s'est relevé, il se tenait plutôt le bras et j'ai vu qu'il y avait du sang sous sa main. Et puis un autre soldat a bondi du parapet. Lui a sauté sur une botte de paille humide, il a eu plus de chance. Le troisième soldat n'a pas sauté. Il est plutôt tombé dans la tranchée et lui ne s'est pas relevé.

Au bout d'une minute ou deux, il y avait une cinquantaine de poilus qui avaient atterri au fond de la B12, pleins de poussière, leur vareuse déchirée, beaucoup de blessés. Tous avaient les yeux étonnés, comme surpris. Palette et Bourru tentaient d'aider les plus salement amochés à se relever. Moi, je savais pas bien quoi faire.

J'étais étonné de voir tous ces braves soldats qui avaient l'air de gamins effrayés par le loup.

« Il est où, ce foutu sorcier ?! a crié tout d'un coup le premier gars qui avait sauté dans la tranchée. Je vais lui faire avaler son certificat de baptême, à celui-là ! »

« Ouais ! Il s'est bien payé notre poire ! On s'est fait rétamer comme des bleus ! » a gueulé un autre.

Bientôt, tous les poilus qui venaient de tomber du ciel et qui étaient encore plus ou moins valides s'étaient relevés. En colère et criant des insultes, ils se dirigeaient vers nous, vers le gourbi du sorcier.

Bourru, vous le savez, il est plutôt baraqué. En haussant les épaules, il fait presque toute la largeur de la tranchée. Alors, il a fait ça et du coup, il a barré le passage à la meute des soldats en colère.

« Vire de là, Le Bourhis ! a dit un poilu couvert de poussière en le regardant d'en dessous. C'est pas toi qui vas nous empêcher d'aller nous expliquer avec ce sorcier à la noix ! »

« Si c'est pour vous expliquer, qu'il a répondu le Bourru en levant un sourcil, vous avez pas besoin de vos Lebels, alors. »

Les poilus se sont regardés les uns les autres, comme des gamins que le maître a pris en faute. Ils ont posé leurs fusils contre la paroi de la tranchée et le Bourru s'est mis de côté, les laissant passer vers la cagna de Seignolle. À la surprise

de tout le monde, et de moi aussi, le sorcier était debout devant sa porte en tôle, droit comme un « i », le menton fier, les bras croisés. On aurait dit qu'il attendait de prendre la foule des soldats en colère dans la poitrine, résigné et décidé.

« T'as vu c'que t'as fait ?! a hurlé le premier poilu en pointant un doigt accusateur vers Seignolle. T'as vu c'que nous a coûté ta foutue vision ? On était une centaine à partir tantôt... et combien en sont revenus ? Même pas la moitié ! »

« Tu nous as tous envoyés à la mort, sacré diseux de sornettes ! » a crié un autre.

« Et ça, ça va se payer, crois-moi ! » a sorti un troisième.

Le sorcier, il ne s'est pas démonté pour deux sous. Il a levé une main pour faire taire ses accusateurs.

« Les mitrailleuses allemandes... il a dit comme ça, elles étaient camouflées, n'est-ce-pas ? »

Les poilus se sont regardés entre eux, comme s'ils n'avaient pas compris la question.

« Ben ouais ! a dit quelqu'un, les Boches, ils ont bien attendu qu'on ait crapahuté la moitié de la distance entre chez nous et chez eux pour retirer les bâches camouflées qui recouvraient leurs **pétoires** et commencer la distribution de pruneaux. »

Les épaules du sorcier sont retombées, comme si on enlevait un gros sac de patates de son dos.

« C'est ça... a soupiré doucement Seignolle en baissant les yeux. Mon Dieu ! Je n'ai pas pu les voir... »

« Comment ça ? T'as pas pu les voir ? C'est comme ça que ça marche, les visions extra-lucides ? Dès qu'il y a un drap sur le truc, pfuiiit, on voit plus rien ?! s'est moqué un poilu en claudiquant vers le sorcier. Tu vas nous faire croire ça, peut-être ? »

Seignolle a vite repris son air fier et imposant. Il a recroisé les bras et il a regardé le poilu avec du feu dans le regard. J'aurais pas voulu être à la place du pauvre soldat.

« Et qui es-tu, toi, pour savoir comment doivent s'opérer des visions ? »

L'autre, il savait plus quoi répondre. Moi, je regardais les poilus qui, l'instant d'avant, étaient tous prêts à faire un mauvais sort au sorcier. Là, ils ne savaient plus quoi penser, maintenant, ils hésitaient. Leur belle assurance était partie.

Et puis une voix toute railleuse, derrière nous, dans la tranchée s'est fait entendre.

« Mais vous voyez pas qu'il vous joue de la flûte ? Il est en train de vous embobiner comme il nous a tous embobinés, au pays, avant la guerre... »

On s'est tous retournés comme un seul homme pour voir qui parlait comme ça.

« Le vaguemestre ! » a soufflé Monsieur le Bourru.

8
GALIPOTE

« Qu'est-ce que tu as à dire, Bodet ? a demandé Palette en fronçant les sourcils. Tu sais des choses sur le sorcier que nous autres on ignore ? »

Le facteur, il a craché par terre. Encore... décidément. Et un grand silence s'est fait dans la tranchée. Moi, j'ai regardé Seignolle et, dans ses yeux, les éclairs avaient disparu. De grosses gouttes de sueur perlaient sur son front tout chauve.

« Et comment que j'en sais ! a sifflé le vaguemestre. Alphonse Seignolle, il a sa petite réputation, par chez nous, dans l'Indre... Pas vrai, Galipote ? »

En disant ça, il a donné un coup de menton vers le sorcier, comme s'il cherchait son accord. Mais Seignolle, il a fermé les yeux et il a tourné sa tête sur le côté. Ça m'a fait l'effet qu'il abandonnait un combat, comme s'il était tombé sur plus fort que lui, alors que le Bodet, il était tout gringalet.

« Galipote ? a demandé Palette, qu'est-ce que c'est que ça ? »

« C'est une sorte de loup-garou, une bête malfaisante qui s'attaque aux pauvres gens... C'est comme ça qu'on l'appelle au pays, votre maudit sorcier ! » a sorti Bodet en montrant le rebouteux du doigt et en crachant une pluie de salive. Il était furieux tout à coup, comme si on venait de lui arracher une dent.

« Pasque lui, c'est pareil ! il a continué, c'est rien qu'une sangsue qui vit aux crochets des pauvres ballots qui l'écoutent. On vient le consulter de tout le canton et au-delà. Ah ! Guérir les p'tits bobos, ça, il sait faire ! Du moment que ça dépasse pas les douleurs des vieux quand le temps est à la pluie, les rhumatismes et les petits coups de tous les jours. Il sait soigner ça comme un docteur normal à part que lui, il se fait payer en poules, en pommes ou en poires à la saison... Si y avait que ça, y aurait rien à redire, voyez... »

« Ben alors, dis rien... » a murmuré Seignolle. Mais je crois qu'il y a que moi qui l'ai entendu.

L'autre a continué à vociférer. « Mais, à notre ami Galipote, ça lui suffit pas ! V'là-t-y pas qu'il s'est trouvé des dons de clairvoyance, le monsieur. Il s'est mis à dire la bonne aventure à qui voulait bien l'entendre ! À se mêler du privé des gens ! À rentrer dans leurs petits tourments personnels ! »

Bodet a écarté la petite foule des poilus et s'est fait un chemin jusque devant le sorcier. Il s'est mis à agiter ses mains sous son nez, tout en continuant à parler.

« Et comme ça, sans avoir l'air d'y toucher, il est devenu le confident des gens... Enfin, quand je dis des gens... Des femmes, surtout ! C'est comme un curé, un confesseur, voyez... Ça leur plaît ça aux femmes, alors elles viennent le voir une fois, et pis deux et pis trois... »

Là, Seignolle a enfin rouvert les yeux. Avec un petit sourire en coin, il a regardé le vaguemestre qui soufflait, tout rouge.

« T'as pas encore digéré, hein, Bodet ? Ça fait plus de quatre ans, pourtant... »

« NON ! J'ai pas digéré ! Non, j'ai pas oublié ! s'est mis à hurler Bodet. Noémie et moi, on était fiancés ! On aurait dû s'épouser aux beaux jours ! »

Et puis il s'est calmé et a baissé les bras. Mais il a continué à regarder Seignolle comme s'il voulait le tuer sur place.

« Mais ça, c'était avant que tu lui sortes ton boniment, hein, Galipote ? Après, j'ai eu beau lui courir après, la couvrir de cadeaux, c'était fini... Tu l'avais ensorcelée. »

Les poilus, ils étaient plutôt gênés de voir tout ce déballage de trucs qui ne les concernaient pas trop. Mais je crois que certains étaient contents de voir Seignolle rabaissé comme ça par le facteur.

Monsieur Palette s'est approché du vaguemestre et l'a pris par le bras.

« Allez, ça suffit, Bodet... Ça, c'est votre histoire, c'est entre vous. Ça va pas faire avancer ce qui nous... »

« Vous voulez pas comprendre ! a explosé Bodet. Ça me tue, moi ! Ça me tue de voir tous les jours, dans le courrier que je trie, les lettres que ma Noémie envoie à ce bon sang de charlatan ! Ça me tue de les distribuer quand même ! Ça me tue de le voir traité ici comme un prophète alors que je sais bien, moi, que c'est un entourloupeur, un diseux de menteries. Il est pas plus voyant que moi je suis le pape, mettez-vous ça dans la caboche ! Alors aujourd'hui, quand je le vois rattrapé par ses mensonges, ça me venge de tout ce que j'ai subi ! Ça me venge ! » Et il a commencé à sangloter dans ses mains, comme un petit garçon.

Mais moi, il y avait quelque chose qui m'embêtait dans cette histoire. J'ai avancé vers Seignolle et je lui ai tiré la main.

« Pourquoi tu leur dis pas, hein ? »

Il m'a regardé tristement et il a détourné les yeux.

« Nous dire quoi ? » a demandé M'sieur Palette.

À nouveau, j'ai regardé le sorcier. J'ai vu qu'il n'était plus fier comme tout à l'heure, qu'il abandonnait encore une fois. Alors, je me suis tourné vers les poilus qui avaient survécu à l'attaque.

« Vous vous trompez quand vous dites que M'sieur Seignolle est un charlatan, je leur ai dit. D'abord, il m'a bien soigné : j'ai presque plus mal au bras. » Là, j'ai enlevé l'écharpe autour de mon bras gauche pour bien leur montrer. Ça m'a fait un peu mal, mais tant pis.

« Et puis... C'est vrai qu'il possède une sorte de don de vision... Pas celui que vous croyez, mais quand même ! J'en ai la preuve et je vais vous la montrer... »

Les poilus me regardaient comme si je parlais une langue des colonies. Alors, sans rien dire de plus, je suis allé vers la cagna du sorcier, sous le grand arbre solitaire, planté comme un doigt dressé au dessus de la tranchée. J'ai eu un peu de mal à retirer la tôle de la porte avec un seul bras. Alors Monsieur Palette m'a aidé.

« J'espère que tu sais ce que tu fais, t'chiot ! qu'il a dit tout bas, les gars sont pas d'humeur à se contenter de sornettes ! »

9

LES JUMELLES DANS LE BOUDIN DE CIMENT

Une fois entré dans le gourbi plein d'herbes séchées, Salopiot sur l'épaule, suivi par M'sieur Palette, M'sieur Bourru et une paire de poilus parmi les plus valides, j'ai demandé à l'un d'eux de ramasser l'échelle de branches. Et puis je me suis placé sous la trappe avec les vieilles charnières rouillées que j'avais repérée dans le plafond.

« Ouvrez la trappe, M'sieur Bourru, j'ai dit, c'est vous le plus grand. »

Bourru a fait ça. Il a fait glisser le loquet qui retenait la trappe et, quand elle s'est ouverte, il a ouvert des grands yeux ronds comme des soucoupes.

« Ma Doué Béniguet ! il a dit dans la langue de chez lui, qu'est-ce que c'est que ce machin ? »

Au-delà de la trappe ouverte, en levant les yeux, on voyait comme une sorte de long tunnel en boudin qui s'élevait très haut, avec des petites marches en fer encastrées dans la paroi, qui permettaient de monter dans le boudin, comme une échelle, quoi.

« Vingt Dious ! qu'il a dit Palette. C'est l'arbre ! Il est creux ! »

Le Bourru, Palette et les deux poilus, ils n'en revenaient pas. Cloués sur place qu'ils étaient, devant ma découverte.

« Et vous savez pas la meilleure ? j'ai ajouté. C'est pas un vrai arbre, en fait... C'est du ciment ! »

« T'es monté voir ? » m'a demandé Palette en me regardant d'un air drôle.

« Ben oui, j'ai répondu, tout à l'heure avant l'attaque, quand le sorcier est sorti avec le capitaine et les soldats. Vous voulez y aller, vous aussi ? »

Je l'ai proposé à M'sieur Palette parce que, de toute façon, le Bourru, il serait pas passé par le trou dans le plafond. Alors, sans dire un mot, Palette a pris l'échelle, il l'a posée contre le rebord de la trappe et il est monté dans le tunnel tout droit de l'arbre en ciment au-dessus du gourbi du sorcier. Il a attrapé les marches en fer et il a continué à grimper.

Nous, en bas, on le regardait faire, le cou tendu comme des oies. Arrivé tout en haut, il s'est assis sur une espèce de sellette qui se trouvait là, encastrée dans la paroi cimentée. En face de sa figure, il y avait comme un trou dans le ciment qui lui envoyait de la lumière dans le visage.

« Prenez les lunettes d'approche sur le clou à côté de vous ! » je lui ai dit en mettant une main sur le côté de ma bouche pour que ma voix porte dans le boudin.

Palette, il a décroché la paire de jumelles qui étaient pendues sur sa droite par une lanière de cuir et il s'est mis à regarder par le trou avec.

« C'est dingue ! il a dit comme ça, d'ici, on voit parfaitement toutes les lignes ennemies... Je vois les mitrailleuses, je vois les Boches qui sortent de leurs tranchées pour ramasser les nôtres qu'on a laissés, blessés, sur le terrain ! Ceux-là vont se retrouver prisonniers en Germanie quand ils seront à nouveau sur pied ! Mince ! On voit tout d'ici ! La vache de poste d'observation ! Formidable ! »

« Je sais tout, je vois tout... Vous connaissez mon secret, maintenant ! »

Surpris, on s'est tous retournés vers l'entrée du gourbi. Seignolle se tenait là, les mains derrière le dos. Au-delà de la porte, on distinguait Bodet et le reste de la garnison de la B12 qui ne comprenaient pas trop ce qui se passait.

« C'est un nouveau type de poste d'observation camouflé, a dit le sorcier. Ils ont inventé ça à Paris et une équipe spéciale est venue l'installer il y a plus d'un an, entre deux rotations de troupe. Les gars ont travaillé de nuit pour que les Allemands ne remarquent rien. Ils n'ont même pas tiqué qu'un arbre mort ait pu pousser là en une seule soirée... »

« Ah ben ça ! a dit un des poilus, impressionné, c'est de là que venait ta clairvoyance, alors, Seignolle ?! »

« Ouais. C'était une idée du capitaine Bertrand. Comme il voulait que l'installation reste secrète, il s'est servi de ma réputation de sorcier pour faire passer les informations que je glanais sur l'ennemi à l'aide de l'arbre creux. J'avais l'ordre de ne rien révéler de tout ça. »

Le sorcier vidait enfin son sac et ça avait l'air de le soulager.

« Si la troupe avait été au courant et qu'un gars tombe aux mains des Boches, ils auraient pu le faire parler et l'ennemi aurait eu vite fait de découvrir la combine. Notre fameux poste d'observation aurait pas tardé à se faire bombarder... Alors que là... Qui se soucie d'un vieil arbre mort ? » Seignolle a marqué un petit temps et puis il a repris : « Remarquez, ils ont dû se douter de quelque chose, à force, les

Allemands... Sinon, ils ne m'auraient pas tendu ce piège avec les mitrailleuses bâchées... »

« Attends... dit soudain le Bourru, t'es en train de nous dire qu'il n'y avait que le capitaine Bertrand et toi qui étiez au courant du truc, c'est ça ? »

Le sorcier a eu l'air de sortir un instant d'un rêve qu'il faisait tout éveillé. « Oui, il a dit, c'est ça... Pourquoi ? »

« Et il est où, à c't'heure, le capitaine Bertrand ? » a crié le Bourru, énervé.

Les deux poilus dans le gourbi se sont regardés en haussant les épaules. « On n'en sait rien, a dit l'un deux, on l'a pas vu depuis l'attaque, nous... »

Le Bourru a alors bousculé le sorcier et il est sorti de la cagna.

« Qui a vu le capitaine en dernier ? » il a crié à tout le groupe de soldats qui attendaient dehors.

« Moi, je l'ai vu, a dit un petit moustachu en levant le doigt, il était à terre. Il avait pris des pruneaux dans les deux guibolles. C'est à ce moment-là qu'il a donné l'ordre de la retraite.

Après... après, ben... j'ai couru vers la B12 et je l'ai plus vu. »

Le Bourru est revenu comme une furie dans le gourbi du sorcier. J'avais bien compris ce qui le tracassait : si le capitaine était aux mains des Allemands, il y avait un grand risque que le secret de l'arbre ne fasse pas de vieux os.

Le Bourru s'est planté sous l'ouverture de la trappe et il a crié comme un perdu :

« Palette ! Descends de là tout de suite ! Faut décarrer d'ici fissa ! Tu m'ent... »

C'est à ce moment-là que le premier obus est tombé.

10
QUAND TOMBENT LES MARMITES

Il est pas tombé loin. Un bruit d'enfer, comme j'en ai jamais entendu. Attraper Salopiot... Le fourrer dans ma chemise... C'est plus de la poussière qui tombait du plafond, c'était carrément des paquets de terre. Cette andouille de singe qui me griffait sous mes fringues, complètement affolé. Il me fait mal au bras, l'animal. Et d'un coup, M'sieur Palette qui tombe dans les bras du Bourru sous la trappe, tout étourdi, les jumelles encore autour du cou.

« Je l'ai pas vu v'nir, çui-là ! » qu'il a dit.

« Faut pas rester là ! qu'il a crié Bourru. C'est que la première **marmite**, mais il y en aura d'autres. Les Boches en sont encore au réglage du tir. Allez, on se barre ! »

On est tous sortis en vitesse du gourbi de Seignolle et c'est là qu'un deuxième obus est tombé au-delà de la B12, vers l'intérieur. Le bruit, fracassant. La terre et la caillasse qui nous arrivent dessus par brouettes entières. Les poilus qui crient. C'est ça, alors, la vie de tranchée ? Moins marrant que je le pensais. Si seulement ce foutu singe pouvait arrêter de me griffer le bide.

J'ai secoué la terre que j'avais dans les cheveux. Il y avait de la fumée et de la poussière partout. On ne voyait presque plus clair. Et une odeur piquante qui vous prend au nez, avec ça ! Forte et pénétrante.

« Repliez-vous dans l'autre partie de la tranchée ! Vite ! » a crié quelqu'un près de moi. J'ai réalisé après que c'était Palette. Le sorcier est apparu tout d'un coup derrière moi. Il était suivi par Bodet, le facteur, qui toussait à s'en décrocher les poumons. Seignolle m'a poussé dans la cavalcade des soldats qui se pressaient dans la tranchée.

« Allez, petit, sauve-toi, passe dev... » Il s'est arrêté, comme s'il avait oublié quelque chose et qu'il y repensait tout d'un coup.

« Les lettres... » il a dit comme ça en regardant dans le vague, comme pour lui-même.

Et il a fait demi-tour, repartant en courant vers l'entrée de son gourbi.

« Qu'est-ce qu'il a dit ? a toussé Bodet. Les lettres ?! Il a bien dit les lettres ? » et il devenait de plus en plus rouge. Pas à cause de la toux, à cause de la colère.

« Bon Dieu ! Il les emportera pas au paradis, les mots d'amour de ma Noémie ! » il a sorti. Et puis lui aussi a fait demi-tour et il est parti à grandes enjambées vers le repaire du sorcier. Je l'ai regardé un tout petit instant disparaître dans la fumée et la poussière et puis deux gros bras m'ont attrapé en écrasant encore un peu plus Salopiot contre mon ventre.

C'était le Bourru. Il m'a fait mal au bras en plus du singe qui m'a mordu le nombril. Mais je ne lui en ai pas voulu longtemps. Un instant après, une explosion encore plus forte que les précédentes a secoué la tranchée. Monsieur Bourru a été propulsé en l'air par le souffle et moi aussi, du coup.

On a atterri un bon 10 mètres plus loin contre une petite **guitoune** en planches que le poids du Bourru a défoncée. J'ai eu de la chance car, pendant le vol, on s'est retournés en l'air et c'est moi qui suis tombé sur le Bourru

et pas le contraire. On est restés un moment sonnés dans les bouts de bois cassés. Je ne sais pas combien de temps.

Ce qui m'a réveillé, c'était quelque chose de chaud et de mouillé qui me chatouillait le visage. J'avais mal partout, surtout au bras, mais j'ai quand même ouvert les yeux et j'ai vu la bouille rigolote de Salopiot qui me léchait les joues. Après m'avoir labouré le bidon, c'était quand même gentil de sa part.

Il y a eu comme un coup de vent qui a balayé un instant la fumée et la poussière. Et là, je me suis assis et j'ai regardé vers l'endroit d'où on venait. Il n'y avait plus de tranchée, plus de paroi, plus de planches d'étai, plus d'arbre en ciment et plus de gourbi du sorcier. À la place, il n'y avait qu'un grand trou et de la terre en monceaux, qui fume. Et puis la fumée est revenue et elle a tout caché dans ses draps gris.

Quelqu'un a gémi sous mes fesses. C'était le Bourru qui se réveillait à son tour. Il s'est redressé, s'est épousseté des gravats et m'a dit de me pousser. Et puis il s'est mis à la recherche de son fameux casque anglais tout plat. Le bombardement avait cessé, je le savais... Les Allemands avaient eu ce qu'ils voulaient.

« Vous comptez vous installer là pour la nuit ? »

C'était Monsieur Palette qui revenait nous chercher depuis l'avant de la tranchée. Il nous regardait l'air goguenard, en croisant les bras. Derrière son petit sourire en coin, il avait l'air drôlement content de nous retrouver en un seul morceau.

« C'était moins une, quand même ! On l'a échappé belle, cette fois... » qu'il a dit Palette.

« J'espère qu'il n'y a pas eu trop de casse, en plus de ceux qui sont restés sur le terrain pendant l'attaque... » a soupiré Bourru.

« Deux gars en plus... » j'ai dit en regardant le bout de la B12 ravagé par la bombe.

Palette et le Bourru ont suivi mon regard, vers l'endroit où se trouvait y a pas longtemps le gourbi de Seignolle, et la tristesse est venue dans leurs yeux.

« Noémie ne passera pas des nuits tranquilles de sitôt... » a simplement dit le caporal Palette, et puis : « Debout les gars, on va pas prendre racine ici, c'est pas un bon endroit pour les arbres... même les arbres en ciment. »

Après le décompte des hommes, on a su que 43 soldats de l'unité étaient portés manquants après l'assaut de l'après-midi, y compris le capitaine Bertrand. Pendant le bombardement, seuls Bodet et Seignolle avaient disparu.

Nous, on a repris nos bidons et nos **bouteillons**, on les a chargés sur la brave Emérence et, à la nuit, on a repris le chemin de Gougères-en-Val. J'ai pu marcher tout du long, cette fois. Malgré la valdingue dans les planches, mon bras ne me faisait plus mal. Mais il a gardé longtemps une odeur tenace de vieux saindoux et de mélisse.

GLOSSAIRE

Bât : Selle grossière que l'on met sur les animaux de travail pour y attacher des charges.

Bouteillon : Sorte de petite marmite aplatie en métal en usage dans l'armée qui tire son nom de la déformation de celui de son inventeur, l'intendant Bouthéon.

Escouade : Sous-ensemble d'une compagnie de fantassins ou de cavaliers. L'escouade est, à l'origine, commandée par un caporal ou un brigadier.

Guitoune : Mot dérivé de l'arabe. Dans l'argot des tranchées, il est synonyme de « gourbi » ou de « cagna ». C'est l'abri que se construisent les soldats à l'intérieur des tranchées.

Huiles : Argot des tranchées. Synonyme d'« officiers supérieurs », souvent les généraux.

Jaja : Argot des tranchées. Le vin.

Longe : Corde avec laquelle on attache un cheval.

Marmite : Argot des tranchées. Synonyme de « gros obus ».

Moulin à café : Argot des tranchées. Synonyme de « mitrailleuse ».

Pétoire : Argot des tranchées. Du fusil à la mitrailleuse.

QG : Quartier général, lieu où se tenait le commandement de différents corps d'armée.

Relève : Remplacement d'une troupe de soldats au front, par une autre.

Roulante : Sorte de poste de cuisine muni de roues, tiré par des chevaux, des mules ou un camion. Elle servait à faire les repas pour les unités itinérantes.

RETROUVE LES HÉROS DE TON ROMAN EN BANDE DESSINÉE

PICARDIE, ÉTÉ 1916

Le Plateau du croquemitaine

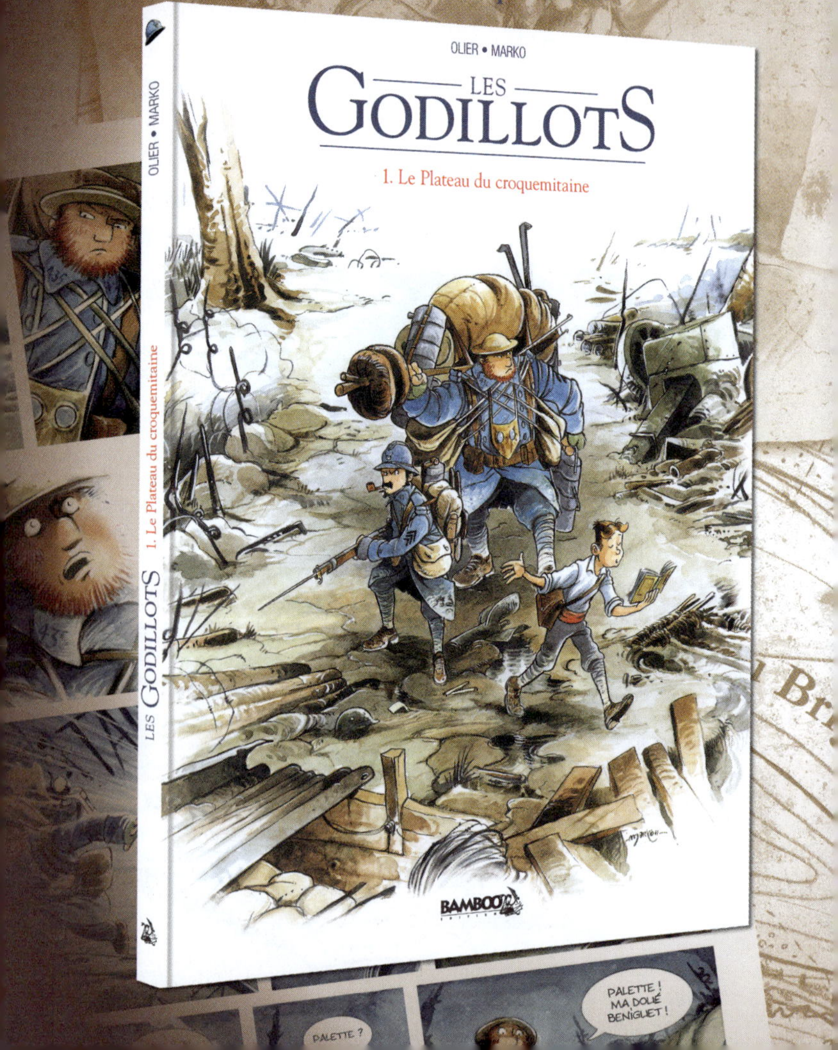

2 TOMES DISPONIBLES

VOSGES, HIVER 1916-1917
L'Oreille coupée

RETROUVE TES HÉROS DE BD PRÉFÉRÉS EN ROMANS

Les Sisters
Exposé grandeur nature
Les Sisters
Les Sisters
Le lapin des neiges
Les Sisters
Les Sisters
Les Sisters olympiques
Les Sisters
Tonnerre de tendresse
Les Sisters
La foire aux secrets
Studio Danse
Le destin de Prune
Studio Danse
Pas de danse pour Alia
Studio Danse
Flash mob dance à Paris
Studio Danse
Le grenier aux étoiles
Studio Danse
Camille est amoureuse
Triple Galop
Mascotte mène l'enquête
Triple Galop
Le crack d'Alexandrie
Triple Galop
Concours épique
Triple Galop
Sacré western
Les Petits Rugbymen
Le roi du grand maul
Les Petits Rugbymen
L'enterro et la surprise
Les Petits Rugbymen
Mystère à Rugby
Les Petits Rugbymen
Le tournoi des six vallées
Cath & son chat
Sushi le chat loupé
Famille Pirate
Croco et pédalo
Famille Pirate
Graine de pirate
Famille Pirate
Mamy la poudre
Famille Pirate
Le trésor des pastèques

Imprimé en Italie, par Stige

Dépôt légal : février 2014

ISBN : 978-2-8189-2563-8

Loi n°49-956 du 16 juillet 1949
sur les publications destinées à la jeunesse